放飞的诗心

赵贤文／著

华中科技大学出版社
http://www.hustp.com
中国·武汉

图书在版编目(CIP)数据

放飞的诗心/赵贤文著. ——武汉:华中科技大学出版社,2022.7
ISBN 978-7-5680-7754-5

Ⅰ. ①放… Ⅱ. ①赵… Ⅲ. ①诗集-中国-当代 Ⅳ. ①I227

中国版本图书馆 CIP 数据核字(2021)第 273238 号

放飞的诗心

Fangfei de Shixin

赵贤文 著

策划编辑:李　欢
责任编辑:汪　杭
封面设计:刘　卉
责任校对:阮　敏
责任监印:周治超
出版发行:华中科技大学出版社(中国·武汉)　　电话:(027)81321913
　　　　　武汉市东湖新技术开发区华工科技园　　邮编:430223
录　　排:华中科技大学惠友文印中心
印　　刷:湖北金港彩印有限公司
开　　本:880mm×1230mm　1/32
印　　张:10.25　插页:6
字　　数:227 千字
版　　次:2022 年 7 月第 1 版第 1 次印刷
定　　价:48.00 元

作者简介：

  赵贤文，男，汉族，二十世纪六十年代出生，湖北仙桃市人，军人出身，现定居武汉，系湖北省民魂文化艺术传媒有限公司董事长、湖北省报告文学学会副秘书长、湖北省法学会会员、湖北省作家协会会员、湖北省公共关系协会法务总监。曾任《平安行报》副总编兼编辑部主任、《荆楚报告》杂志副总编兼法务总监，现任《长江文学》杂志社常务总编兼法务总监。

  曾参与多部重大革命军史题材片的拍摄。其诗歌、散文、报告文学等作品被国家级、省级、市级文学刊物和文学网站刊登选用。其创作宗旨：讴歌真善美、抨击假恶丑；文学是追寻的根，法学是求真的梦。其诗歌创作观：诗歌需要创新，诗人需要历练。我诗故我情，我情故我诗。

序

    赵贤文的《放飞的诗心》即将出版，这是他在繁忙的工作之余创作的诗歌的结集，是他长期以来不改初心坚持业余文学创作的心血的结晶，值得珍视，可喜可贺。

    我与贤文相识多年，他的机敏、热情与豪爽，曾给我留下深刻印象。他入伍当过兵，有军营严谨、艰苦生活的磨砺，退役后又在律师行业摸爬滚打多年，故在他身上，既有军人的豪迈与干练，亦有律师的谨严与善辩，还有作为一个农民的儿子与生俱来的那份质朴与善良。

    常言道，文如其人。读贤文的作品就如同读他的人一样，憎爱分明，溢于言表，通透明亮，无需过多琢磨猜想。不刻意雕琢，直抒胸臆，是其诗歌显著的特点。主题鲜明，语言明快，无论新诗或旧体诗，都仿佛信手拈来。率性表达，不拘一格，喜怒哀乐，皆显于形，其中不乏耐人寻味的佳句和感人至深的篇章，是一部充满正能量的作品。当然，纵观全书，也有个别题材多次吟咏，很难出新，难免有雷同的问题。而语言大于形象，则是作者在今后的创作中，应引起重视和警惕的。

    激荡岁月，放飞的诗心。一部文学作品，就是一个人的心路历程的写照，弥足珍贵。而一段刻骨铭心的经历，留下一些披肝沥胆的文字，这本身就是一件值得纪念的美好的事情。愿贤文先生在未来的日子里，事业通达，人生出彩，一如既往，把文学创作当作生活的一部分，写出更多更好的诗篇。

梁必文

2021.12.10 于武汉

序

赵贤文的《放飞的诗心》即将出版，这是他在繁忙的工作之余创作的诗歌的结集，是他长期以来不改初心坚持业余努力创作的心血的结晶，值得珍视，可喜可贺。

我与贤文相识多年，他的机敏热情与豪爽，曾给我留下深刻印象。他入伍当兵，有着艰苦严谨那苦生活的磨练，退役后又在律师行业摸爬滚打多年，故在身上，既有军人的豪迈与干练，亦有律师的谨严与善辩，还有作为一个农民的儿子与生俱来的那份质朴与善良。

书言道，文如其人。读贤文的作品就

如同读他的人一样，憎爱分明，溢于言表，通透明亮，无需过多琢磨猜想。（读者）不刻意雕琢，直抒胸臆，是其显著的特点。主题鲜明，语言明快，无论新诗或旧体诗，都彷佛信手拈来。率性表达，不拘一格，喜怒哀乐，皆显于形，其中不乏耐人寻味的佳句和感人至深的篇章。是一部充满正能量的作品。当然，纵观全书，也有个别题材多次吟咏，组诗出新，难免雷同的问题。而语言大于形象，则是作者今后的创作中，应引起重视和警惕的（金）。

激荡岁月，放飞的诗心。一部好的作品，就是一个人的心路历程的写照，弥足珍贵。而一段刻骨铭心的经历，留下一些披肝沥胆的文字，这本身就是一件值得纪念的美好的事情。愿贤文先生在未来的日子里，写出通达，人生出彩，一如既往，把写诗创作当作生活的一部分，写出更多更好的诗篇。

梁平文

2021.12.10日

于武汉

目　录

放 — 飞 — 的 — 诗 — 心

目
录

放　飞　的　诗　心

放
—
飞
—
的
—
诗
—
心

第一篇

季节

1

放飞的诗心

诗心怎能被刺伤
晨曦放光
岁月流淌
舒展翅膀任飞翔

悬在屋檐的阳光
积聚过往
风流成诗
翰墨胜粥暖胃肠

痴人说梦故事长
落叶入土壤
凡人称诗神
薄雾笼罩古城墙

诗情画意花生香
给力光透亮
感悟生死情
仰天长啸爱心扬

风 雨 岁 月

风知道男人
撑起天空的沉重
雨懂得女人
繁衍人类的感动
谁也不能让时钟的心跳停止
谁也不能让岁月的脚步放松

命运让生命得宠
挫折让生机重逢
博爱让心花灿烂
风雨让岁月动容

流星不会让夜色朦胧
相思不会让真情落空
风不会让岁月失真
雨不会让时光心痛

遥望长天
日照九州皓月当空

俯瞰大地
春和景明花蝶吻拥
风　吹起了一道道彩虹
雨　滋润了一个个朝暮

听　雨

寒冬将尽春意浓
残叶漫卷雪消融
炊烟升起云相拥
雨落雁飞舞东风

雨拍歌楼
红烛浪漫罗帐中
雨击客舟
江阔路遥波汹涌
雨打面颊
点滴润物百花丛
听雨盼春
天长地久心相通

风

在迷茫的天地间
云在自由行
雨在潇洒飞
雪在浪漫舞
唯有风
却被无情地束缚着
硬的　要挡住它的去路
软的　要阻碍它的行程

尽管风席卷猛烈
吹过了遮天的山峦
扫过了蔽地的森林
拂过了汹涌的海洋
却逃不脱天地之网
哪怕如此
风自有独特的个性
敢与命运抗争
期盼宁静
寻求自由

时光之美

在岁月的长河中
在生命的时光里
一次次遇见
一段段相逢
那远方的呼唤
那跨越的牵念
岁月留下了静好
生活寄予了希望
生命中最美的情怀
是践行忠孝

在同一片蓝天下
人与人之间的距离
在心不在身　在情不在利
花开花落时　无声胜有声
生命中的永恒
是唯美的缘分

是不舍的眷念
是两情的相悦
生命中最美的风景
是时光之美

季节告白

一年四季节气明
雨生万物谷雨中
种瓜点豆忙播种
布谷欢歌喜送冬

季节告白存美好
万事各异气息通
待到夏日疫除尽
盛赞荷花别样红

喜 迎 春

东风入户

年味正浓渐生温

乍寒还暖

诗书床前手勤伸

江岸芳姿

碧水蓝天情缠绵

青鸟报捷

梅香胜酒喜迎春

春播

春播一粒种子
生活就有念想
土壤被苗尖刺穿
刻下时间的印象

遥望雪花纷飞沧桑
打量红梅绽放坚强
揉进眼帘铺卷夜色
沉入迎春牧歌安详

捧一把土将事物收藏
借一把雪让日子飞扬
放飞心情践行梦想
打量新春一切透亮

春回大地

冰雪入土
静听春天脚步声
寒风放歌
抚慰腊梅拂柳绿
鱼翔江河
喜盼春雨润物生
鹰击长空
笑迎阳光暖大地

阳春三月

阳春三月
桃花盛开如云朵
动人心魄
无限衷肠化春歌
东风百里
山河壮丽映日月
气象更新
四海升平百姓乐

春　光

寒霜雪中
到处梅蕊正怒放
碧波江边
两岸花开更娇艳
天赐春光
日月星辰与人醉
地生烟火
风雨岁月伴仙游

像春天的爱一样

有人信佛
那是禅净世人的心
有人信缘
那是麻醉自己的眼
我相信季节轮回
春天的爱很真实
一滴雨
唤醒一棵小草
一颗露
甜吻一瓣花蕊
一阵风
吹绿一片土地

从心尖上挺立的人
除尽世间的尘埃
走自己的路
想自己的事

爱自己的人
圆自己的梦
春天的爱
曼妙而真实

依 然

花儿依然娇艳
鸟儿依然欢畅
风儿依然轻柔
云儿依然浪漫
水儿依然多情
麦儿依然骨感
蜂儿依然忙碌
蝶儿依然恋花
天空依然多彩
海洋依然深情
大地依然妩媚
太阳依然灿烂
山峰依然挺拔
江河依然风情
梦想依然美好
世界依然精彩

因为遇见

在天空中
日月辉映
在大地上
苍木挺拔
在人海里
众生相伴

如果没有遇见
天将失光
如果没有追梦
地将失色
如果没有爱情
人将失真

因为遇见
世界如此精彩
因为遇见
人生如此美丽

秋　　恋

秋有秋的高度
秋有秋的温度
秋有秋的尺度
秋有秋的深度
秋风　秋雨　秋情
带着对秋的眷恋
秋伴游子思故乡
思念着山川　河流　村庄
带着泪　带着血　带着情
呼唤着炊烟　亲人　爱情
在秋天的风歌里
化为和美的回声

续写生命的精彩

生命的天空
星辰灿烂
岁月的村落
繁华似锦
文字的飞扬
曼妙季节
墨香的放歌
唤起时光
深情的倾诉
温馨美梦
坚定的守候
点燃希望

一场雨
唤醒了小草
催生了花香
一阵风
吹开了心扉
拂净了尘埃

一个人

静坐在寒夜

遥望着冷月

落笔浪漫

穿越时空的感动

弹指眷念

续写生命的精彩

风景　因邂逅而美丽

人生　因奋斗而壮美

岁月沧桑

岁月历尽沧桑
病痛折伤翅膀
生活打磨时光
贫困限制想象
奋斗确定方向
拼搏消除迷茫

竹简铭刻蕴藏
翰墨凝结诗章
风雨洗涤云裳
对月倾诉衷肠
人生拥抱太阳
耕耘播种希望

君 子 兰

身处幽谷无人问
任放奇香孤芳心
樵翁挖采药草命
雅士尊奉金贵君

冬　日

冬日　寒风凛冽
阳光　映照白雪
残叶　飘向长空
风花　拥抱起舞

山川　银装素裹
江河　凝结成冰
城乡　风景如画
炊烟　与云邂逅

冬日　几许欢乐
风情　几卷诗书
闲情　几多趣谈
真情　几个知己

一朵雪花

一朵雪花
偶然投影在你心上
当你轻轻回眸
便锁定了万千风景
你不必诧异
一切都会消失踪影
仿佛桃花一片
却来不及向你倾诉
你的灿烂笑颜
让雪花与大地吻拥

踏　雪

红尘本无痕
生命亦无助
多少感叹事
写尽踏雪中

冬夜　寒冷孤寂漫长
北风　狂扫季节荒凉
冰霜　洁白生命念想
踏雪　笑看腊梅绽放
记忆　唤醒温馨时光
生活　寻求醉心芬芳
思念　泪洒信笺诗行
守望　春回拥有希望

窗外飞雪

又见玉絮窗外飞
欲吻旋花梦惊魂
时光穿透玉尘泪
万物感叹琼芳痕
遥看瑞叶酒满盏
相拥银沙品入唇
天降乾雨除灾尽
风月寒酥诗言情

（注：雪有很多别称，本诗每句中都引用了一个。）

歌 唱 冬 天

有人赞美
春天的浪漫
有人书写
夏天的风情
有人称颂
秋天的梦幻
我要歌唱
冬天的伟大

我歌唱冬天
只是变换视角
呼啸的北风
是强者的宣言
飞扬的雪花
是舞者的韵律
晶莹的冰柱
是智者的坚守

柔情的太阳

让人心温暖
苍茫的雪域
让天地相融
不要责备
冬天的冷漠与粗犷
需要珍惜
冬天的沉静与坦荡
劈开坚冰
生命拥有希望

我歌唱冬天
歌唱冬天的伟大
它承载着萧瑟秋风
它孕育着美好春光
它坚守四季的最后
它迎接新年的开头

可爱的油菜花

阳春三月回仙桃
美丽的江汉平原
富饶的鱼米之乡
油菜花盛开的地方

映入眼帘心温暖
桃花红　梨花白
一望无垠的原野
尽是飘香的油菜花

金灿灿的油菜花
与蓝天辉映
风吹花浪
似金色的海洋

拥抱花海
蝴蝶飞舞
蜻蜓跳跃
蜜蜂吻蕊

追忆儿时的遐想
在花丛中前行
在花海里穿越
如入仙境欲成仙

可爱的油菜花
绽放美丽
舒展希望
装点人间唯美春色

又见油菜花开

前天
我伴随妈妈种的油菜花
在油菜花中长大

昨天
我在妈妈种油菜花的地方
寻找不到一朵油菜花

今天
我和诗友采风
看到漫天遍野的油菜花

又见油菜花开
挥泪摘下一朵
敬献在妈妈的坟前

春光荡漾

站在时光的渡口

掏空记忆
站在时光的渡口
等候一个人

河水
轻抚着石板
安慰它孤独的灵魂

兰舟
穿梭过古松
无暇它寂寞的悲伤

鱼儿
游弋在浪尖
寻找它缝隙的港湾

鸟儿
鸣飞在长空
期盼它天使的讯息

神州
山河颂依旧
滚动它天边的春潮

每一珠露
每一朵花
都在轮回中重生

一万年太久
搁浅在流年的思念
等候在心里的守望

河　水

静　思考人生过往
听　涛声卷浪流淌
河　如在异乡流浪
水　洗尽人间模样

顺着河道走
感悟群山回望
顺着村庄行
倾听炊烟呼唤

家乡育人
一根脐带剪不断情
纤夫出河
一根绳索拖远山歌

田野泡酥
闻到一股泥土香
山村牧羊
绕过一片桃花岛

河水东流
观尽现实的风光
挤痛两岸
淘尽古老的泥沙

河心渔船
带上渔网捕捞一个信号
人家入眠
枕着涛声吐出一枚戳章

扒开河水
影子在灯火中飘来荡去
亲过河堤
如吻故乡似月般的脸上

河　流

携着雪山的手
不屈向东走
绕过无数道弯
与长江邂逅

浇灌沿岸的禾苗
滋润沿途的村落
不惧枯涸的季节
放飞欢畅的渔歌

卷走了泥沙
带走了乡愁
背走了星月
投向了大海

乡村晚情

日暮乡村醉炊烟
燕舞莺飞戏塘边
鸡鸣犬吠虫蛙叫
幽径踏歌四月天
举杯邀月赞盛世
故友欢娱庭院间
酒墨填词附风雅
闲云野鹤乐悠然

盼　春

风雨净化冬
阳光普天照
已是除灾获新生
喜看国新貌
花儿喜盼春
只缘把春抱
待到春回大地时
万众仰天笑

立　春

东风吹散梅梢雪
百花待放天下春
山清水秀日高照
莺歌燕舞人精神

春耕

春寒料峭盼晴晓
时光荏苒清明到
点瓜种豆农耕忙
犁田耙地时趁早

桃红柳绿人未老
燕舞花开知多少
播撒希望盼丰收
风歌云吟红日笑

暮　春

暮春枝头醉新芽
和风化作映日花
静听蝼蝈唱立夏
喜看晓月赞芳华

恋　春

红雨飞花恋春情
喧风翠柳醉心笙
静影沉碧红尘泪
残阳落雁梦惊魂

荷　　醉

东湖莲荷醉清风
千姿百态各不同
出泥不染立尘世
散落相思映日红

芒　种

江城郊外风送凉
芒种时节农耕忙
喜看绿禾千重浪
争艳奇花分外香

夏 与 秋

湖留夏荷情
枝舞秋蝉鸣
红尘伴风月
人生勤耕耘

冬　至　夜

庚子冬至长夜凉
皓月悬天诉衷肠
月缺月圆传说广
时辰划定阴与阳

挫折磨砺心必强
宇宙洪荒神莫慌
风花缠绵千般爱
四季轮回万年长

雪　舞

昨夜凛冽风
今晨天地白
寒冬如期至
雪舞漫天飞

遥看灯火碎
放眼傲雪梅
春意压不住
人间醉炊烟

冬　夜

北风横扫冬夜寒
冷月直照落花残
行人晚归飞雪伴
灯火辉映万家欢

春　　望

庚子之春
阴霾蔓延

熬过除夕的夜黑
盼迎新年的朝晖
期待满园的春光

阴霾横断季节
阴霾阻断归途
阴霾隔断亲情

战士铁血守护
天使舍身救护
医者坚定保护

伫立窗前问春
放眼阴霾密布
坚守铸就希望

雪儿为春献身
花儿为春守望
鸟儿为春传扬

庚子春祭
书写历史

小　草

飞雪润土壤
小草破岩长
逆境求新生
懈怠临死亡

望春

倚栏追梦人
远眺满目新
落霞伴飞燕
炊烟醉暖春
桃花恋喜雨
武汉英雄城
抗疫惊天地
转战泣鬼神

雨 过 天 晴

雨过天晴红日升
风吹花香空气新
消除灾难生命美
洗尽尘埃心无明

麦子熟了

冬播植种入土壤
耐寒雪盖梦里长
春风吹拂绿浪欢
喜雨浇灌麦穗壮

秋天来了

秋天来了
拾起思念的碎片
带到梦里
给夜的温馨

风吹起了
捎去深情的牵挂
带到心里
给秋的温暖

菊花开了
携着蝴蝶的双翅
带到时空
给光的温情

枫叶红了
捧上染红的晚霞
挂在天边
给天的绚烂

秋天来了
点亮相思的灯火
放飞梦想
给人的力量

云月之外

一帘幽梦
从风烟到雾海
一心牵念
从黑夜到黎明
一种沧桑
从秋水到落霞
一样风情
从远古到现实

村庄鸟鸣
从眼眸到阳光
熙攘人流
从前世到今生
云月之外
从远方到相拥
生命放歌
从壮美到超越

睡　莲

千年的睡莲

沉寂在池塘

风云岁月

古树相伴

年复一年

野花作陪

祈求阳光温暖

期盼雨露滋润

带着前世的追忆

寻求新生的梦想

穿透淤土

出污泥不染

初露嫩荷

脱俗展新姿

飘起沁心芬芳

舞动怡人风景

秋恋红尘

四季轮回
秋菊未迟
自怜风色
约谁而期

岁月多沧桑
人类少纷扰
一弯新月
一抹枝头
一丝味道
一笔闲情
一腔私语
一种逸趣
一群飞鸽
一幅画卷

轻捻诗意
莫慕铅华

迎晨曦喷白

看万山红遍

暗香淡雅

秋恋红尘

小 燕 子

春风春雨春苗
穿上花衣的精灵
盘旋在树梢上
飞舞在田塘边

一声声呢喃
打破沉寂
植入山水
叫醒春天

衔回泥和草
在屋梁上筑巢
在田野上放歌
在学童中穿梭

搬不走老宅
带不回晚霞
与年迈的母亲为伴
哼一样的曲　做一样的梦

岁月如画

触摸岁月的画卷
划过眉间的尘烟
有多少时光使人沉醉
有多少过往让人怀念

很想将人生写就成诗
很想将情爱熔炼成曲
书写繁华红尘
书写传奇美丽

写不尽晨露朝晖
写不尽残荷风雨
写不尽庭前落花
写不尽流云皎月

流年似水
写不尽一路风景
岁月如画
写不尽世间风华

醉了流年

微风划过指间
让人梦绕魂牵
曾经的美丽
无法挽留

小草依偎花丛
触摸快乐时光
清脆的鸟鸣
唤醒黎明

真情千丝万缕
感动有缘相逢
明媚的月光
洒满温馨

天涯揉成浅墨
流连彼岸笑容
飘逸的情怀
墨香怡人

细碎心语依旧
抖落尘埃更新
挽回的花开
捡拾风情

岁月蘸着暗香
装点封尘往事
穿越的心灵
聆听梵音

倚栏遥望苍天
挥毫流淌缱绻
倾心的守候
媚了婵娟

朝霞光芒万道
染红斑驳日历
惜时胜如金
醉了流年

秋韵伴黄昏

夕阳辉映的古松
低语向秋风
如烘面包的岁月
散发浓香味
青鸟歇脚的枝头
娇姿轻舞动
结满金黄的秋果
衷肠诉晚霞
云霓漫卷的暮色
诗意添墨浓

机智灵敏的松鼠
搬果入洞穴
上蹿下跳的花猫
叫喊吃晚餐
落霞孤鹜的缠绵
长天共秋水
渐行渐远的神思
唐诗入心境
学童回家的朗诵
秋韵伴黄昏

一度花期

一度花期
一场花事
绵长的雨丝
拉长了思绪

一度花期
唤醒记忆
打造的花海
网罗了秋季

一度花期
风月交替
曾经的小指
对勾了甜蜜

一度花期
河流湍急
小小的石头
洗净了污泥

一度花期
了却心事
花开又花落
投向了春季

在秋色的风歌里

沏一壶玉露秋色
与时光对话
放眼长空
风起云涌
俯瞰大地
山呼海啸

站在秋色的一端
张开沧桑的手
深情地触摸着
雪峰的寒彻
大海的苦涩
黄河的泥沙
长江的秋波
北国的大漠
南国的田禾
长城的蜿蜒
高铁的绵延

手指沾着泪珠
手心带着血迹
在秋色的风歌里
触摸无限江山
触摸沧海桑田
触摸时光的笑容
触摸太阳的温暖

风与时间赛跑

任何季节
电闪雷鸣过后
风却隐忍
被拍打的窗很无奈

天空诉说
蓝被秋霜虏走
蓝的梦呓
覆盖了河流的粼光

远去的雁阵
口号震天响
带走开心的童年
放下烦心的往事

高山常青
涧水常蓝
纷飞的落叶
看风与时间赛跑

可爱的小绵羊

探秘采风的镜头里
一片片白云
一朵朵白雪
一缕缕白烟
一波波白浪

牧羊人挥动的响鞭
让云朵翻腾
让雪花飞舞
让炊烟缭绕
让浪花激荡

咩咩不停的叫喊声
向往着蓝天
感受着远山
深爱着草原
感念着海江

一只羊捋着胡须

传承着美丽
一只羊抬头仰望
陶醉在草地
一群群行进的羊
咀嚼着春色

头扎的白毛巾
歌唱着信天游
黑　吞噬着苍白的记忆
梦　追思着风月的欢悦
可爱的小绵羊
奔放在白云生处

落秋惊梦

选择宁静
日子
放歌安详
天地
日月同辉

山 峰

秋风萧瑟
寒冷侵世界
秋雨连绵
雾霭罩大地
河流翻滚
意志在放纵
草木渐黄
思想未枯竭
马蹄声踏
跑出韵律美
流星陨落
物资不消亡

山峰耸立
突破了流云
山峰洒脱
穿过了狂风
山峰肆意
链接了天地

邂逅的你
无法去参透
有一滴泪
眉心碎为蝶
山的尽头
便是梦桃园

野　菊

舞动寒秋
金黄簇拥信天游
胸藏褶皱
梦幻世界多香露

爱植沃土
谦卑向天鸟鸣奏
暮霭涌入
霜降湿衣添乡愁

待到秋尽
冷风横扫花枯酥
采菊入药
开胃明目化乡忧

清冷的夜

清冷的夜里
思念如雨温柔了乐曲
跟踪微信的轨迹
品味书写的诗句

窗前的烛灯
思念如藤缠绕在心里
风逐月光的星空
搜寻相融的距离

牵碎的饮醉
思念如云洒落下泪滴
春暖花开的等候
飞鸽带回了归期

霜　降

寒风卷绿凋
遍地冷秋萧
落花月惜晚
飞叶日叹遥
雄鹰穿云舞
青松立崖瞧
红尘四季里
霜降润物高

田 野

年复一年
犁　将泥土开放
耙　将影子埋藏
鸟　在田野上歌唱

春雨吻酥泥土
种子播下疯狂
春风吹绿了大地
田野孕育着苗秧

夜黑中的沦陷
明月中的曙光
田野的心愿
扶起庄稼穗金黄

锄镰为大地剪裁
花叶为季节化妆
粉蜜散发着芳香
田野充满着希望

秋天的故事

站在时光的渡口
拾一片落叶
捧一滴秋露
汇集秋天的故事

秋已藏进落叶里
用心守望着季节
告别了昨天
脚步迈得更坚定

秋天已渐远
冬天已临近
枯萎过后有生机
沧桑过后有明媚

一颗真挚的心
用诗书写爱的誓言
一份留给过去
一份献给未来

向冬季出发

种子有度
留给了天空
留给了大地
果实有量
送走了秋
随风伴冬行

春夏秋冬
枝头尽现风流
一度花期
遍地泛绿
叶子的思念
找回了自己

种子结伴日子
果实守候流年
多情的目光
挥手展望
告别了秋
向冬季出发

浪花的记忆

立在海边
遥望日落
断续的乐曲
将温柔的浪花
带给天上的星

浪花　已不是水珠
浪花　已变成往事
放眼夕阳与大海
记忆的梗上
已卷起情绪的浪花

一朵朵浪花
好像一个个开心的姑娘
有的像热烈的玫瑰
有的像温情的牡丹
有的像怒放的红梅

很多年以前

我携手春天的姑娘
一起看日出
放眼无尽的海岸线
春风再也剪不断那份情

曾经的浪花
像山峦起伏
像戈壁断垣
像雪峰崩裂
像草原羊奔

荡漾心中的过往
辽阔的海面像锦鳞
高挂的明月如梦境
海风吹拂着脸颊
浪花再现野荷的香馥

无法丈量走过的路
难以计算相遇的人
一朵朵浪花
就像一幅幅图画
记忆的倒影浮现海面

相 思 倾 情

谁扯动相思扣
将秋风带走
与冬雪约会

谁舞动激情雨
将清露藏隐
与黄昏对话

谁摇动闪光星
将冷月相拥
与梅枝倾情

谁移动愁情云
将海浪拍打
与礁石碰花

谁心动三世情
将春天守候
与桃花相伴

曼妙风情

春树花开
凝成一缕芬芳
四溢飘香
渴望钟情欣赏

夏莲盛开
执念爱心奔放
佛前伴香
渴望生命闪亮

秋茶煮开
浸润干涸心房
品味人生
渴望喷射光芒

冬雪散开
播爱萌芽生长
红梅傲霜
渴望如焰怒放

晨露化开
大海涌动力量
浪花澎湃
渴望曼妙乐章

碧空云开
闪电托举梦想
风月浪漫
渴望幸福霞光

雪

碎心的雨
总想变为灿烂的雪
纷飞的雪
总是快乐舞动美艳
雪野苍茫
总蕴藏着万物生机

茶花沐雪盛开
红梅傲雪绽放
枯草盖雪孕绿
蝴蝶迎雪飞舞
蜜蜂穿雪采花
人们披雪劳作

如粉似沙雪花飞
飘在河中
挂在树梢
撒在屋上
落在地下

银装素裹尽妖娆

晴天朗月
雪已消融
在无边的原野上
在凛冽的寒风中
雪　孤独高洁
雨　精魂闪光

黑夜向朝晖致敬

泪珠凝结朝露
黑夜孕育朝晖
从梦中清醒
将夜纱在晨风中揉碎

流星在夜空中划过
明月在天空中高挂
静夜的蛙鼓声
惊起黑夜托给晨曦

花朵在黑夜中开放
恋人在花海中拥抱
清晨的鸟鸣声
向渐隐的黑夜送行

黑夜的残泪挂满枝头
清晨的朝晖洒满山川
黑夜向朝晖致敬
明月向大地放歌

花季少女

期盼被人当作宝
期待被人倾心宠爱
纯洁的花季少女
向往美好未来

孜孜不倦地学习
考取清华或北大
获得丰富知识
生活多姿多彩

拥有壮丽的城堡
拥有古典的钢琴
拥有环视的瞭望塔
拥有美丽的花园

遇见心中的男神
浪漫的爱情
像天上追星的云
像激荡壮美的诗

纯情的花季少女
像开放的花蕾
美了季节
醉了人生

这 世 界

这世界
给夜不太黑
点燃一盏灯
窗外被照亮

这世界
给程序锁定
云聚风烟起
雪舞月影新

这世界
给人的向往
留住欢乐情
烙上脚步印

这世界
给鸟儿翅膀
风袭飞入巢
惊起一片白

这世界
给我一场雪
暖一颗寒心
伴一次远征

梅

梅开二度归
傲霜喜春到
雪下涂粉胭
腮红花颜俏

孤艳情恋娇
群芳心曼妙
轻风伴月行
轩昂仰天笑

故乡

听 夜

我已习惯
在静谧的夜中聆听

聆听你夜色中的眼
洒落在脸颊的泪
思亲在远方
距离却难及

聆听夜空上的月
陪伴星辰抛光大地
相思在两端
遥远却难触

聆听秋夜里的蝉
在冬眠前的呐喊
难舍在秋天
相恋在夏季

聆听露珠儿的轻吟
聆听你回家的脚步声
聆听摇曳的树影对话
回眸在眼中　温馨在心头

相　约

蘸着清露填词
往事在记忆中苏醒
对着寒月吟诗
回味在墨香中沉醉

相约在春天
山青水秀同踏青
相约在夏天
飞舟荷塘共采莲
相约在秋天
桂花树下对饮酒
相约在冬天
风花雪月情缠绵

天高云淡
心如风卷
思如潮涌
情如星光

装点生活

第二篇　故乡

唯有故乡最给力

年少追梦话别离
无望生死泪悲凄
庚子端午情依旧
孤旅天涯终有期

山有山的奥秘
海有海的传奇
魂牵梦绕的感动
唯有故乡最给力

漂　　泊

离乡的日子
跨越千万里
撩人的风景
期盼遇见你
峥嵘的岁月
仍浴火重生
神圣的土地
塑造一个你

情

一道伤痕　　印刻了隐情
一柄利剑　　记忆了豪情
一座古城　　载满了史情
一架钢琴　　抚尽了风情
一缕炊烟　　凝集了亲情
一簇野花　　浪漫了爱情
一樽老酒　　溶进了友情
一腔热血　　挥洒了真情
一阵和风　　吹散了愁情
一场喜雨　　冲净了矫情
一滴眼泪　　缠绕了乡情
一弯新月　　舒展了心情
万里风云　　化作英雄情
满庭芳菲　　激发豪杰情

心 语

时光一天天远离
日历一页页翻过
飞雪一点点增厚
思念一份份寄托

游子离家创生活
疫情早除勤工作
父母妻儿常牵心
盼望团聚尽欢乐

等 你

夏日欢聚
拥有真实的你
冬夜远去
寒露化为泪滴
说好不分离
却恋流行歌曲
啥可可托海
去那探啥神秘

你坚定誓言
仍在我耳边响起
你穿越时空
我愿无悔陪伴你
家乡的柑橘
也打探你的消息
我酿造甜蜜
在村头树下等你

想　念

岁月　悄然飞向眉间
冰雪　敲打窗台玻璃
内心　渴望风花雪月
眼角　深藏思念泪迹
想念　不能贸然致电
想念　不能随意打扰
想念　不能每日陪伴
想念　只能时刻牵挂
放下　时光拉近距离
放开　彼此珍爱自己
轻风　捎去爱的记忆
冷月　记载爱的真实

偶　遇

晨光穿透树枝网
寒风吹拂面颊上
一叶飘落脚尖旁
拾起沉思细端详

一叶一径一隐秘
一飘一落一头像
怀揣树叶到高处
放飞树叶风定向

相逢离去陌路人
偶遇不弃缘吉祥
遥望天空高又远
风叶共舞情悠长

风　尘　泪

相传桃花仙子
长得美丽善良高贵

一个被桃花伤心的人
刺伤桃花心必累
举杯邀月饮
欲将风尘喝醉
对天忏悔
方知世态冷陌

人生这杯酒
怎么也喝不醉
相聚时　感受相依相偎
离别后　感叹言碎疲惫
心有念想
洒尽风尘泪
孤寂的黑夜
谁愿销魂心碎

等 候

天地之大
人太渺小
属于自己的爱
千万不要错过

暖月下
相思树的花朵
温情绽放
树枝上
相爱人的信物
红绳结满
每个人都很虔诚
将爱心的绳
系在树上　系在手上
就这样
每个人心中
住进了一个人

如果有一天

因为不小心
彼此走散了
千万别放弃
带上你的信物
记住你的承诺
在相思树下许愿
等候神奇的相遇

回　味

站在时光的转角
咀嚼记忆　寻觅芳菲
无边烟水　无限山色
晓风残月　眼空啼血

有些事丢在风尘里
一辈子也不会倾吐
有些人隐在念想中
一辈子也不会言及
有些爱藏在笔端
一辈子也难以书写
酸甜苦辣
存进岁月的摇篮
回味追忆
放在心坎的角落

风　情

回眸一笑真情浓
何须粉黛衬花容
云淡疏远暗香在
落花成诗瀚墨中

仰望长天
在我文字里
写尽风月
却写不尽风情万种

俯瞰大地
在我心尖上
爱尽风华
却爱不尽人生知己

圆梦有情人

远隔千山万水
情不分距离近远
分别三年五载
爱不论时间短长
鲜花掩盖不了情
金钱买卖不到爱

心心相印的人
爱已成为习惯
如鸟掠过的风
如掌擎起的天
如影折射的光
如磨盘转动
碾压爱的誓言
圆梦有情人

情 人 节

带不走的时光
带不走的你
你的身影
早已占据我的心房
开满了花　结满了果
我坚定地守护着你

当我远离红尘的时候
有一束带血的玫瑰
染满相思
染满惆怅
染满深深的痛
抚慰胸口　记忆过往

月光多情　弥漫暗香
一朵野花　一次偶遇
一个拥吻　一个誓言
酿成甜美的
忘情水一杯

相爱酒一樽

用心书写的情诗
比生命更为永恒
以护花的风范
低于尘俗　高于禅心
写尽人生爱的圣洁
我深爱你　我的爱人

真　实

多少相遇
在透过暖心的微笑里
多少相知
在渐行渐远的时光里
多少相亲
在彼此珍惜的日子里
多少真情
在生死与共的岁月里
灵魂相近
看到内心潜藏的美好
心有灵犀
触动充满大爱的情怀

新　年

爆竹

鸣放除旧岁

烟花

炸响迎新年

阳光

温暖照大地

春风

轻拂醒万物

石头

歌唱动凡心

流水

觅芳生柔情

鲜花

含笑欲销魂

人间

春回换新颜

诉衷肠

晨曦倾听鸟儿鸣唱
晚风护送落日隐藏
在秋月深情的欢歌里
恰似少女无畏的奔放
芒花清悦诉衷肠
宛若红云映碧浪
唯有秋天丰收的硕果
抚摸无数苍凉的胸膛

爱 情 如 初

月光依旧
红尘转身已远游
春风吹拂
百花争艳满枝头
爱情如初
打开记忆心怅惘
黑夜漫长
梦伴风月驱孤独

传　　唱

一幅留白的国画
任你想象空间
一片白云的蓝天
任你舒卷悠然

落在眉间的云朵
凝成炊烟
吹到发间的和风
化为倾城
缠绕指尖的相思
落地成雪
幽怨沧海的恪守
曼妙桑田
驻留天涯的深情
暗香红尘

望穿秋水
相伴风华
月弄倩影
千古传唱

约　　定

生命渴望浪漫
我们约定旅行
起点从我的心
终点到你的心

我从去年的冬天出发
沿着寒冷的河流奔走
在春暖花开的时候
来到你的心居住的地方

我跋涉在大漠的尽头
行走了无数个夜与昼
在大雪封山之前
寻到你的心启程的方向

我路过你生活过的地方
看到了你的孤寂与哀伤
用手伸展的坐标
告诉你另一颗心的方向

我穿越你仰望过的星辰
点亮了窗前寂静的夜空
被风吹起的长发
是明亮的灯塔指引方向

我等你在春花满园中
花儿透露了你的秘密
无论白天或黑夜
你的心就居住在花蕊上

我的沧桑是约定的记忆
我的脚印是旅行的轨迹
我深情地亲吻花蕊
两颗心在春的花海里相伴

母 亲 的 爱

世上最美丽的声音
是母亲的呼唤
世上最骄傲的荣誉
是母亲的赞扬
世上最快乐的地方
是母亲在那儿

母亲的爱
比山更高
比海更深
比天更广
比地更阔
比太阳更温暖
比云朵更洁白
比花朵更灿烂

母亲的爱
像黑夜里的明灯
指引迷失者方向

像秋夜中的明月
寄托无助者希望
像春天里的天使
给予孤独者力量

母亲的爱
伟大而圣洁
又逢母亲节
感恩慈母爱
谁言寸草心
报得三春晖

清　明

风起云浮
拔高四月
梨花带雨
杜鹃啼血

思亲心裂
祭文穿越
汇集成海
撕咬春色

花落水跌
化茧成蝶
漫天飞舞
如千歌阙

鸣炮苦涩
香火不绝
向天敬酒
传承高洁

清 明 祭

一道道闪电
照亮生死两界的距离
一声声炸雷
惊醒生死情结的灵魂
一丝丝春雨
化为祭拜亲人的泪水
一队队人群
朝着驻入天国的思念
一串串脚印
拖泥带水尘世的沉痛
一朵朵鲜花
寄托哀思怀念的挽歌
一缕缕香火
飘烟升空畅通的对话
一张张黄裱
填补生难尽孝的遗憾
一捧捧新土
垒起内心苍凉的护墙
一只只青鸟

展翅高飞喜迎太阳升
一阵阵清风
邂逅云朵牵手明月归
山河应无恙
人间多美好

一把钥匙

寻觅奇香
碰击触摸一颗心
吻尽芬芳
探明曲幽一条路
金属脱胎
混沌安上一环扣
火烧齿磨
打造合适一排纹

行走天涯
腰间系着一知己
浪迹海角
心中装着一乡愁
因为执念
一把打开一扇门
因为坚守
一锁安定一个家

怀念恩师吴丈蜀

您出生在黑暗的乱世中
挣扎在苦难的岁月里
追梦在诗书的翰海上

您自幼聪慧喜好诗书
得外祖母关爱口授唐诗
受慈父教育临摹书法帖
早年丧父获亲友接济
卖字举办个人书展
代书撰稿学业不弃
辗转重庆奔波上海
漂泊香港书播海外
放弃高薪回归祖国
研究国学创办报纸

人生低谷时不气馁
天当书地当纸树枝当作笔
首著《读书常识》
六年出版著作七部

艰难摧不垮精神世界

注重学术研究与创作实践结合

创造吴体

编纂诸多国学巨著

《回春诗词抄》当代无匹

世交情谊怎能忘记

翰墨结情缘

家宴常聚首

开怀畅饮交流书艺

恩师教导怎能忘记

二分笔砚三分看

余事还须广读书

须冶千碑方创体

能藏万卷始言家

成家岂是临摹得

造诣全凭字外功

悲痛日子怎能忘记

恩师驾鹤仙逝

文坛巨星陨落

天失光地失色

送行亲友泪绝

百年之祭怎能忘记

省作协主办您百年诞辰座谈会议

您生前众多文友和弟子聚汉追忆

您在天之灵大可欣慰

亦师亦友白云金石书画卓著

诗联文书画印全能艺术精妙

官会平承衣钵

书法出成果

魏开功继风范

诗书多成就

弟子勤耕耘

集文祭恩师

桃李满天下

春晖遍四方

一 字 情 怀

一茶一书一个梦
一追一求一份情
一生一世一知己
一朝一暮一人生
一禽一兽一灵性
一草一木一风景
一诚一实一良善
一敬一畏一佛心

悟 十 言

一言活明白
二言要知足
三言繁求简
四言粗中细
五言淡自乐
六言知感恩
七言常积德
八言留余地
九言德报怨
十言保底线
示弱藏锋芒
逞强必全胜

感　　恩

高天上流云
有情不分离
感恩阳光暖大地
感恩雨露润物生
世界上人群
有爱永相亲
感恩爹娘养育情
感恩逆行战疫人

莫叹红尘苦
莫怨人情冷
春花娇艳心相印
夏日烈焰火样情
秋月皎洁爱无瑕
冬雪飞絮化甘霖
感恩神州如画美
感恩人间满园春

武大樱花情

你娇艳美丽
你风情万种
你扎根在中华大地上
你盛开在武大校园里

三月的樱花
装点着美好的梦想
散落的思念
等候着赏花的故人
一瓣瓣花蕊微笑着
一朵朵樱花伫立着
一片片花海
像云朵与云朵邂逅

庚子之春
因阴霾起祸变得寒冷
武大校园
因除害抗灾显得孤寂
樱花树下

再也等不来年轻的女博士
樱花道上
再也看不到白头的老教授

细雨淅淅　樱花落满地
心碎捧起　怎舍得埋葬
月色淡淡　星星撒满天
待天破晓　樱花伴春醉

第
二
篇

故
乡

思 亲

（一）

思母泪纷纷
两界阻断魂
梦闯天堂路
百死难报恩

（二）

凄风苦雨夜色浓
异象流星耀天空
深感双亲万般苦
思念慈母恩无穷

（三）

清明时节雨纷纷
抗灾志士难上坟
晓莺残月难成眠
身居异乡亦断魂

西　行

夏日西行念亲恩
欢聚官驿叙别情
清风夕阳花蝶舞
把酒邀月醉倾心

醉蝶痴

千丝困蛹耐寒刺
克难破茧展新姿
恋花成双伴风舞
怡人结对醉蝶痴

汉 江 情

江汉桥横汉江开
潋滟碧水东流迴
两岸杨柳倚风醉
渔舟放歌映日来

流年如梦

流年如梦人未醒
水溅深处隐花魂
对影长空邀月醉
缱绻温馨诗倾心

霜风古藤高山青
天蓝云白红日升
念碎人生相知美
暗香翰墨铸赤诚

与命运握手

年年花相似
岁岁人不同
清冽映流光
晓风伴暖月

越远古时空
观锦绣河山
行长亭古道
浴江南细雨

等故人重逢
与命运握手
看花开花落
同往事干杯

随　缘

天之福泽乃施恩
春夏秋冬四季明
地之博大乃布爱
万物生长抚育情
人之曼妙乃隐忍
千古风流从容行
天地国亲师有种
金木水火土相生

感　　念

父母健在有归途
平日陪伴莫远游
双亲离世无归宿
望断天涯心怅惘
在家事事好操持
出门处处难筹谋
但愿来世缘依在
常伴双亲到永久

大 爱 歌

勤能补拙根扎深
忍者无畏天地阔
诚信为本正气在
静若处子福运多
同舟共济克苦难
敬畏生命莫蹉跎
不管风云多变幻
人间正道大爱歌

真　切

不经风雨不见彩虹
不经坎坷不懂生活
不遇真情不明爱恨
不遇挫折不知苦乐
不受打击不晓荣辱
不受磨难不识家国
不思对错不分真伪
不思进取不可苟活

爱并痛着

在时间的长河里
生命仅是过客一个
在历史的天空中
生命仅是云烟一缕
在苍茫的大地上
生命仅是露珠一滴
尽管生命如此短暂
我们依然爱并痛着

为春禾免遭毒侵
我们愿化为劲风净气
为夏苗不受灼焦
我们愿化为喜雨送凉
为秋实颗粒归仓
我们愿化为火雷除害
为冬寒人间温馨
我们愿化为炉火供暖

为了人类繁衍昌盛

我们用真心守护爱情
为了世界和平共处
我们用生命捍卫和平
人生就像一本书
翻开是故事　合上是延续
世间生死寻常事
我们坚定的守望　爱并快乐着

第二篇

故乡

投向故乡的怀抱

瘟神被击退
武汉获新生
驾车驰如箭
朝着故乡行
心念仙桃市
投向故乡怀抱
熟悉的林荫道
亲切的成排楼
欢快的往来车
忙碌的奔走人
穿过三一八国道
行过乡村路
越过洛江河
回到老里仁口村

踏上带尘的故土
深吸清新的空气
寻觅曾经的场景
叹双亲早已离世

再也看不到
双鬓白发的老母亲
再也见不到
劳作沧桑的老父亲
再也听不到
父亲的唠叨
再也吃不上
母亲烹炒的家乡味

迎我的是兄弟姊妹
问候的是邻里乡亲
妹妹做饭兄弟暖酒
亲人团聚共进晚餐
泪叙离别情
血滴思双亲
父母在世有来处
失去双亲剩归途

辗转半夜　寻找儿时梦
清早醒来　晨曦已放光
倚窗眺望
一间间农舍早已苏醒
一排排杨柳随风点头
一只只小鸟枝头歌唱
一条条鱼儿跳跃戏水

一个个乡亲互相问候
疫情过后的故乡
春情依在
乡情依在
希望依在

东 湖 飞 歌

东湖飞歌
浮云倒影舞姿欢
大厦林立
尘世繁忙纵情难

荷风飘香
杨柳陶醉湖岸堭
惊鸿梦醒
琴声缠绵恨见晚

月色朦胧
对影情悦心相伴
遥望长空
水天一色尽浪漫

仙　桃

蝉鸣鸟唱
杨柳伴桃观景廊
仙桃熟了
邀友品鉴情悠扬
桃红味美
莲送荷风伴稻香
人喜鱼肥
朝霞桃枝映碧窗
"仙桃一号"
故乡仙桃产仙桃
放飞的诗心
盛赞桃王唱故乡

小小的石头

小小的石头
历经了风化
深埋在泥土
守候着风雨
深藏一颗心
叹红尘落尽
小草挤出岩缝
伴石放歌唐诗

石头雕上花朵
守望着岁月
石头磨成石板
留白着时空
石头刻上名字
标志着丰碑
石头塑成佛像
接受着膜拜

心 系 谁

长夜难眠心系谁
相见时难泪花飞
往事如烟多惊梦
流年似水常盼归
风情万种为爱醉
欲觅仙境与君随
朝花夕拾春光好
吟风赋月云天追

端午忆屈原

龙舟驶江河
排桨舞水国
鼓点惊天路
吼声唤魂魄

粽叶咏离骚
糯米唱九歌
绳索颂岁月
端午忆屈原

醉心烟雨

西子湖畔山色空
秦淮河边六朝烟
雨巷女子似丁香

淮河南望南岭北
遥看天空东方红
梦醒时分忆江南

江南雨季洗净尘
乡愁遥远潮湿心
桥影暮帆斜阳长

醉心烟雨等候人
逸趣招蝶引凤来
相逢把盏酒千杯

画　皮

梅开暗香正娇艳
只为自己画张皮
一场大火毁红颜
灼焦外衣燃烧心

画中再现真身出
夜黑哭泣为了谁
烟花放歌真情在
只缘爱火隐画中

乡　愁

杨花柳絮
随风舞动着乡愁
田野麦浪
卷起往年的模样
犁翻沃土
打开季节密码锁
骑牛牧童
短笛吹奏水乡曲
村姑烧火
饭菜喷香日子美
村汉饮酒
醉倒莲塘信天游

炊烟绕云
夕阳黄昏不尽美
倒影星空
似水柔情甜蜜蜜
几盏灯火
挂窗遥对唐朝月

几只鸟鸣
唤醒夜空迎黎明
放眼田头
双亲遗憾坟丘上
心被掏空
襄河水长添乡愁

夜　色

情话难吐出
跌倒唇边一次次
把我拧成风
摇响铃声月色过
缱绻帘幽梦
念你名字方入眠
暗香的夜色
吻尽红尘为朝露

端 午 情

变换的是季节
不变的是牵念
送上一个粽子
变为快乐的样子
采撷一片叶子
化作美好的日子

总有一份好心情
锤炼一个好身体
竞赛龙舟已启航
幸运之门正打开
万家幸福终如意
端午佳节总关情

月伴农工

新月似镰挂天空
艰难农工滞途中
祈盼灾除传捷报
喜播春种硕果丰

春 满 江 城

春满江城映日红
鸟语花香醉清风
抗灾守望逾两月
旌旗猎猎天地中

人间四月情

人间四月桃花开
城乡放歌禾苗栽
河岸杨柳醉星月
村居堂燕喜归来

全民春播除灾害
兴国安邦莫徘徊
朝花夕拾风光好
万紫千红春不衰

窗外的晨露

清晨雾色茫苍苍
志愿抗灾助保障
窗外枝头现晨露
映入眼帘心感伤

晶莹剔透
像天使的泪珠
尘染浑浊
似战士的汗滴
闪烁斑斓
如手术刀上的血迹
消失殆尽
宛若掩埋入土的生命

英雄城市

江城春雨后
旖旎风光秀
炊烟伴云飞
落花随波走
抗灾血染袍
逆行急拯救
报国满腔血
英雄永不朽

岁月无恙

年味未消
亲情相聚庆团圆
灾情未除
长明灯下不见天
山河无恙
众志成城不畏死
岁月无恙
坚定守望战瘟神

懂　你

一杯茶
等懂的人来品
你若懂
她清香爽口
一杯酒
等懂的人来醉
你若懂
她幽香醇厚
一朵花
等懂的人来赏
你若懂
她淡雅芬芳
一笺字
等懂的人来诵
你若懂
她优雅成诗
一池墨
等懂的人来韵
你若懂

她温婉成画

懂
是岁月里的一抹馨香
绽放心间
懂
是心与心的一种默契
无言壮美
懂
是生命中的一份告白
恬淡满卷

一笔画心
如喷涌的泉水
一个眼神
似撩人的彩云
一份真情
像放飞的诗心
懂你
让世界充满爱

喜　欢

你若喜欢春天
愿你像开花的树
以明媚的姿态展颜

你若喜欢夏天
愿你像美丽的莲
以纯洁的形象展现

你若喜欢秋天
愿你像皎洁的月
以倾洒的风范体现

你若喜欢冬天
愿你像飞扬的雪
以妩媚的模样相恋

七夕的夜空

打开尘封的心门
身影不会再孤单
站在树梢的高处
遥望七夕的夜空
皓月皎洁
星光璀璨
银河横空
鹊桥耸立
相思一年的牛郎织女
相会在七夕的鹊桥上

罗帕擦不尽相思泪
依偎解不了相思苦
牛郎织女反思否
爱的真谛是什么
私下凡尘觅爱
土地神保媒的初衷
王母金钗断开银河
织女的初心

牛郎的初恋
牛郎织女之子安身何地
来到风口的牛飞向何方
爱和恨在风尘中
对与错在心坎里
七夕的夜空
天上人间爱相融

中　秋

放眼高天明月升
壮怀激烈悟人生
一路追梦心逐浪
中秋佳节倍思亲

读　你

庭前花谢
碎满幽梦
宛若你的倩影
美丽无声飘零

你的安静
不要打扰
无端风雨侵蚀
无法裹紧伤痛

你的寂寞
有人懂得
静心聆听脉跳
感受柔情蜜意

你的多情
让人向往
凝视茫茫苍穹
倾心读你如诗

老　屋

记忆中
浸润百年的老屋
两间青砖的瓦房
杉木门梁古韵窗
前后青石做门坎

记忆中
正房东墙建厨房
邻界有棵古松树
犁耙风车一牯牛
养全鸡鸭猪狗猫

记忆中
屋前小河柳成荫
三棵桃树映日红
屋后多椿枣满枝
遍地栽种"土鸡母"

记忆中

儿多母苦父辛劳
早出晚归种地忙
记得奶奶病模样
记得炊烟粗菜饭

中 秋 情

独上西楼
赏天空明月
一缕清风
念故乡亲人
深情回眸
看江城日新
弹奏心曲
歌中秋欢聚
望断天涯
听风雨清新
红尘渡口
唱痴爱情深
一夜期待
等最美风景
为爱坚守
盼梦想成真

追寻浪漫
向阳光沙滩

觅求温馨
念山涧小溪
抛却寂寞
拥一颗爱心
再现奇迹
待高光际遇
鸟鸣莺歌
唤黎明早醒
心向美好
祈花开不败
静夜相思
咏诗情画意
知行合一
阅人间繁华

风中水月

青峰呈黛
心中想起
一滴不肯掉下的泪
悬在你眼睑上

秋日放鸢
红叶欲飞
多少难以倾诉的情
搁在秋风心底

跑在风前
避开寒意
拽住飘忽不定的心
藏在温暖怀中

月亮升起
你立塘边
一潭风中水月的景
绘在缱绻画里

我 的 母 亲

每当看到村庄的炊烟
每当看到田野的绿禾
每当看到夕阳的落日
就不禁想起我的母亲

母亲是个地道的农民
一双粗糙的手
刨出了一缕缕的月光
刨出了一堆堆的金黄
额上增添山水的记忆
脸颊刻满岁月的印痕
被风吹起的芦花
是母亲满头的白发

为了生活
每天起早摸黑
把泥土捻碎
唤醒庄稼
把田野装扮

绘出彩画
为了儿女
每日含辛茹苦
把辛酸苦涩
浇灌在泥土里
把坚强身影
遗留在大地上

收获的季节
土地为您庆寿
风月为您献歌
儿女为您祝福
鲜花绽放
山河无恙
苦难一去不返
生活洒满阳光

母亲是一首歌
母亲是一幅画
母亲是一个家
母亲承载着未来
这一辈子
做您的儿子没做够
如果还有下辈子
我还做您的儿子

渡　船

一条河
隔开了两岸
隔开了风情
隔开了风景

一条船
连接了码头
连接了南北
连接了心距

一撸桨
舞动了浪花
舞动了晨光
舞动了季节

这条船
守候着灯火
守候着过客
守候着缘修

绿 的 流 传

秋高气爽
小镇依偎在山边
绿　还没有走多远
文字却在网络中缠绵
寒风　吹散了叶的思念
落日　染红了天的惆怅

华灯初上
星月耀眼
黄花陶醉了懵懂的少年
故乡呼唤着南飞的大雁
岁月淘汰了流年
日记滑落了泪线

秋　愁了离乡的游子
秋　悲了思乡的篇章
秋像一首歌
唱了很多年
伴随着天空的流云

湿透了桥边的小船

在追忆的时光里
褶皱雕刻着沧桑的脸
雨　是清冷的
泪　是苦涩的
绿　随风远去
将动人的故事流传

回老家看看

假日期间
攒足时间
领着儿女
回老家看看

曾经回家
带着开心
听父亲反复的嘱咐
享母亲蒸炒的饭菜

而今回家
双亲已逝
坟前敬香呼喊爹娘
墓旁烧纸寄书天堂

带着迷茫
带着忧伤
回到老宅院落空荡
看到老家叶落飞扬

带上爱人
回老家看看
田野送上金黄稻香
河流带来平安吉祥

觅　归　途

花骨正
果实香
秋色停枝上
落叶飞
觅归途
沿路碎花黄

寒霜降
月色苍
飞雪在路上
围城前
根植地
万物向太阳

一条小巷

尘封的村落
古老的小巷
相恋明清的木楼
相思秦汉的月光

一条小巷
青石打亮
宛如奔腾的清流
恰似纤夫的脊梁

一条小巷
双狮守望
相伴百年的古槐
相迎千里的客商

一条小巷
堆集酒缸
传播秘诀的陈酿
弥漫沁脾的酒香

一条小巷
古乐奏响
传唱男人的智慧
颂扬女人的善良

一条小巷
雨水流淌
冲洗小巷的污渍
奔向小巷的远方

纤夫的爱

江河横流
逆水行舟
纤夫的号子声
响彻巴山蜀丘

浪击船头
宛如泼墨挥斥方遒
脚踏碎石
就像生活岁月难留

一条绳索
企图拉直老河流
一步一叩首
期盼赶上新潮流

河水再长
也长不过纤夫的情愁
河床再宽

却宽不过纤夫的心忧

纤夫的情
在风雨中缭云绕雾
纤夫的爱
在山水间放歌飞舟

深情的土地

丰收的土地
在阳光下接受洗礼
留青的稻秆
正孕育着返季稻穗

牛在田埂叫
鸭群在田间闹
深情的土地
产出金灿灿的香稻

蛐蛐在欢唱
萤火虫在奔跑
醉心的土地
在月光下安然沉睡

秋后的土地
依然承载重任
它要等一场冬播革命
它要迎一场浪漫飞雪

老屋后院的红枣树

老屋的后院
曾有一棵红枣树
七十年前的春日
是大姐栽种

儿时的记忆
枣树过屋顶
春发芽　夏开花
秋天枝头映日红

持棍打枣似雨落
如猴上树摘枣欢
品尝枣清甜
回味枣浓香

大姐出嫁时
枣树泪奔
枣儿红透时
捧枣寻亲姐心欢

从青涩到熟透
从叶语到果香
掩在心底的泪
有时酸　有时甜

一 方 水 土

一方水土
养一方人
韶山冲　诞生了伟人
赵家台　养育了常人

年轻人在外创业
年老人在家守候
一只猫和一条狗
逗趣叫喊　驱逐孤独

土地产粮
河流浇灌
树叶扬起根的梦
炊烟舞动墨的情

石碾　坐进清冷的时光
石磨　辗在风歌的秋色
石竹　藏入温情的月影
小鸟　燃起村庄的心跳

赵家台　有苦难的记忆
赵家台　有怅然的乡愁
打造一幅水墨丹青
一方水土　英雄辈出

酌饮流年

绕道回故乡
独酌饮流年
孤寂盛满夜
对月思如泉

等待朝霞
等待花开
岁月的旅程
充满坎坷

山峰伴波谷
彩虹随风雨
曾经的心愿
是否梦想成真

秋去冬来
雪花铺满春天的路
拥抱风光
美景就在前方

遇见你真好

生命中
总有不期而遇
温暖铅华
岁月里
总有不约而至
温馨时光
人生中
总有润泽感动
温情陪伴
尘世间
总有心花绽放
温寻笑颜
世间自轮回
凡事有因果
遇见你真好

遇见你的时候
有草地　有山峰
有星月　有风云

遇见你的时候
有期盼　有相思
有欢笑　有真爱
你是我的眼
阅尽春花秋月
你是我的书
写尽人间沧桑
你是我的诗
歌尽温柔浪漫
你在我的心中
生活像花儿一样美丽
世界像童话一样精彩

小桥惊梦

有些记忆在脑海
有些往事在心头
落叶纷飞　小桥惊梦
总勾起淡淡的忧伤

记忆中的赵家台
老屋门前的小木桥
连接两岸　连接两村
寂静的夜晚音乐飞扬

夜色总是充满忧伤
小桥注定充满孤独
淌过小桥的流水
仿佛将情爱定格在暮色中

多年后伴着深沉的夜色
重拾小桥的负重和凄美
不见小桥　不见乘凉人
思绪穿过薄雾和炊烟

行走在洛江河畔
回想童年游泳的嬉闹
夕阳　难寻那小桥沧桑的踪影
晚风　倾诉对小桥深情的思念

第二篇

故乡

女人最伟大

是谁
让世界狼烟四起
充满血腥
让男儿争霸天下

是谁
让社会和谐稳固
友好共处
让男儿尽显才华

是谁
让人类繁衍不断
含辛茹苦
让男儿温暖有家

是女人
女人是世界　精彩传奇
女人是社会　缤纷美丽
女人就是家　传承繁华

女人是花
女人是妈
女人高于天
女人最伟大

第三篇

征程

追寻精彩

尘封的乡村
向往外面的世界
无望的少年
追寻生命的精彩

心装沉重的梦想
孤独地跋涉
冲刺命运的改变
不懈地进取

生命的花朵
放飞希望
前行的脚步
放歌未来

把梦承载

是谁
将爱装进酒杯
把夜灌醉
举杯化为相思泪

是谁
将雪研磨成梅
把月唤醒
淡雅如风墨香味

是谁
将情描绘成水
把海舞动
云雨邂逅互抚慰

是谁
在眉心间翻飞
把梦承载
天长地久永相随

拥　　抱

新年伊始
春和景明
梦将从这里开始
爱将从这里延续

成就福运需要善良
成就事业需要勤奋
成就健康需要修心
成就家庭需要包容

张开双臂
拥抱美丽世界
携手共进
奔向美好未来

远　征

人生是一场远征
有平坦有坎坷
在抗疫的岁月里
有逝去有新生

人若不悲心不寒
日子在琐碎中求真
岁月在平凡中务实
生命在冲刺中绽放

笑 对 人 生

人生如戏
戏如人生
戏可以重演
人不可再生

珍爱遇见的缘
珍惜拥有的真
感动离别的痛
感恩不了的情

回眸记忆
笑对人生
携手创美好
齐力破坚冰

悟　人　生

如戏人生
人生如戏
如何精彩
怎么传奇
究竟悲剧
还是喜剧
不拼不搏
不爱不恨
不舍不得
绝无剧情
神话靠书写
传奇靠创造

叹 人 生

观沧海望长天
叹恨人生苦短
独处守心常修身
群处守嘴多养性
做人莫欺心
苦乐心锁定
做事勿逆规
正邪一念间

花　情

花儿绽放枝头

有人赞美

花儿融入土壤

没人想起

青了又黄的阵痛

记忆寻梦

守望风筝的翅膀

水岸高唱

流云　风雷　闪电

告白奔放

牢记不忘的初心

展现不辱的使命

精彩人生

人生只是时间长短
生活却是岁月磨砺
精彩只是源于经历
艺术却是高于生活
养身只是医学保健
修心却是生命科学
理念决定多彩生活
胸怀成就精彩人生

品味人生

品味人生
有故事的人很精彩
没故事的人很平淡
有创造的人很传奇

可叹人生
有的人活着
却早已死去
有的人死了
却依然活着
一个是行尸走肉
一个是精神永恒
这就是不同人生

我们在一起

我们寻梦　　一起走过
走过高原　　走过荒漠
走过城市　　走过村落
走出迷茫　　不再蹉跎

我们追梦　　一起穿越
穿越山川　　穿越江河
穿越云天　　穿越时空
穿越生死　　不再错过

我们圆梦　　一起爱着
爱着繁华　　爱着圣火
爱着红尘　　爱着家国
爱尽风光　　不再坠落

活 得 漂 亮

没有鼓掌

鹰击长空任飞翔

没有歌唱

破石小草向日长

没有欣赏

高原野花仍绽放

没有考量

世上做人必坚强

人生一世

草木一秋

活出精彩

活得漂亮

人间沧桑正道行

雪纷飞　掩盖了万物
雪欢乐　弹起了乐章
雨落下　亲吻了土地
雨欢唱　唤醒了冬藏
风劲吹　携手了云彩
风欢歌　促进了苗长
霜降临　邂逅了清露
霜欢笑　迎来了暖阳

雪雨风霜天地情
喜怒哀乐心眼明
贫贱富贵本无种
人间沧桑正道行

天 地 情 结

世道轮回
花开花谢

冬去春归
化茧已成蝶
梦里如醉
醒来心真切
初见如痴
两情诚相悦
红尘是非
爱恨勿纠葛
风起云涌
仗剑更惨烈
饮壮行酒
誓与恶魔决

写不朽诗赋
唱天地情结

尽享盛世

寒夜升篝火
村庄飘彩虹
欢歌颂明月
鞭炮戏长空
夜深霜似雨
喧闹舞如风
男女老少乐
尽享盛世中

热爱生活

轻轻打开手机屏
细细找寻真实心
落日带不走芳华
星辰隐不了岁月
伸手细数着过去
张臂拥抱着未来

勿让欢心变沉默
勿让信心尽散落
勿让内心无梦作
勿让脚步缺执着
勿让希望沉沙漠
勿让亲情失承诺
勿让生活少欢乐
勿让生命不鲜活

听 长 江

每次听到长江的声音
就像在飘渺的梦里
奔腾的长江
近听惊涛骇浪
远看波浪汹涌
一会儿天连水
一会儿水连天

长江之声
流淌的壮美
如渗在玻璃上的痕迹
似刻在史卷上的影像
奔腾不息的长江
荡尽尘埃
淌出希望
冲向光明

人生美丽

裁云为画
揉雪成诗
人生美丽
在于坚守
给生命欢笑理由
别让心承载太重
岁月值得等待
人生绽放光彩

等一场风起
看落叶翻飞
等一次相聚
享亲人团圆
等一个恋人
诉相思衷肠
待春暖花开
赴春天盛宴

美　妙

在黑暗中前行
寻找那簇火光
在夜幕中醒来
寻觅那份安详
在逆境中奋进
寻求那种自强

红尘
谁敢倒悬五岳
无畏
结局最终形成
爱情
需要不懈努力
感怀
花雨满天飞扬
生活
不因艰难放弃
舞台
化为生命奇迹

除夕夜
相聚在团年桌上
因相亲
世界如此美好
因相爱
人生如此美妙

守望着生命绽放

每当生命开悟的时候
一颗放飞的心自由翱翔
曾经追寻一个超越的梦想
曾经追风一个超脱的景象
冲刺中我早已遍体鳞伤
依然奔跑在广袤的原野上
奋进中我的心充满惆怅
依然飞翔在辽阔的天空上
我期待着生活出彩
我期盼着生命闪光

每当生命觉悟的时候
一颗激荡的心自由翻翔
而今践行一个务实的梦想
而今深爱一个美丽的姑娘
探寻中我已学会疗伤
依然耕耘在深情的大地上

前行中我的心充满希望
依然探求在神秘的太空上
我守候着生活精彩
我守望着生命绽放

不负人生

世界之小
转身惊喜遇见谁
世界之大
回头惊叹谁消失
恋一首歌
动人歌词有故事
爱一个人
回眸眼中有彼此

坐断寂寞　　重拾喧闹
横断悲伤　　重见欢颜
斩断苦海　　重现甘露
静好时光　　打开心窗
独守清净　　滋润心扉
时光之手　　温暖花开
晴空之臂　　拥抱阳光
不负人生　　如诗如画

希　望

生命的天空
闪烁星光灿烂
岁月的村落
拥抱似锦繁花
文字的飞扬
曼妙季节风采
墨香的舞动
呼唤时光感怀
深情的倾诉
温馨美梦笑靥
坚定的守候
点燃心中希望

共存中延伸

晨露伴着晨曦透亮
新蕾借着阳光绽放
清波拽着明月闪光
真情拥着风情悠长

生命如流云
望不断天涯路
生活如逐浪
荡不尽世间情
缘与分在渡口相遇
情和爱在海岸相随
万物在相依中共存
岁月在缠绵中延伸

执着无悔

青涩如初醉无痕
聚散如梦醒无踪
我执着无悔
将爱描得纯美
我等待一场雪
荡净心中的尘埃
我等候一个人
灵魂对望的抚慰

风起时
我藏在花蕊中如影随形
想你　孤寂却甜蜜
雨落时
我隐在诗笺里淡雅墨香
想你　心动而倾情
日出时
我期盼天涯咫尺的爱
想你　圆梦待花开

生活的磨盘虽重
它不会将花开的故事碾碎
岁月的风轮虽沉
它不会将世上的真爱摧毁
相知　在飘落的馨香中
相思　在漂流的寒江上
相念　在激扬的诗文里
守候　阴霾除尽的日子
守望　春暖花开的风景

问心无愧

做人讲原则
勿向人解释
懂得你的人会珍惜
不懂你的人莫争执
不要在意别人的评论
不要活在别人的眼里
雁过天空留声
人经红尘留名
做人不求人人理解
做人只要问心无愧

军人的荣耀

一九四九年十月一日
是难忘的国庆盛典日
伟人的声音响彻云霄
中华人民共和国成立了
中国人民从此站起来了
在国人的注目中
在军人的守卫下
一双有力的巨手
将鲜艳的五星红旗
升起在天安门广场上空

从此东方破晓的每一天
威武雄壮的三军仪仗队
擎起五星红旗
越过金水桥
将国旗与太阳
升起在祖国的天空上

飘扬在国人的心坎里
这是中国的尊严
这是人民的骄傲
这是军人的荣耀

青春无悔

冬去春来
万物轮回
世事洞明
人情练达

那一年桃花潭水桃花笑
那一天枝头含苞枝头俏
那一年玫瑰天真玫瑰香
那一天采风牵手采风情

那一年放下锄镰追寻梦
那一天离乡背井奔未来
那一年拥抱繁华夜空星
那一天都市烟火高天云

那一年一场黄粱一场梦
那一天植根希望入土壤
那一年朦胧清晨新芽发
那一天带回硕果心激荡

那一年抛弃追风进军营
那一天胸带红花首立功
那一年诗情画意天地广
那一天扬眉吐气青春美

想当年孤旅天涯
到如今义薄云天
想当年青春无悔
到如今振兴中华

回　首

是谁
将寒冷逼退海上
寻找温暖
却在一季痴恋中闪亮

是谁
将春色枝头绽放
桃花飘香
却在一生痴情中畅想

是谁
将诗词歌赋传唱
穿越时空
却在唐风宋雨中回荡

是谁
将梦想插上翅膀
蓦然回首
却在一世红尘中守望

风流人物

虎拥雄风龙威奇
风流人物古今稀
李杜文彩千秋颂
朱毛功德万代立
挥毫自有神相助
醮墨却无人可拘
梦里风月绘成画
醉中云雨写就诗

共建地球村

心定莫较真
漏斗滤世尘
神乱而愚起
心静则智生
放下怨与恨
春归又一村

求实乐天真
心泉洗浮生
孤独似冷月
寂寞如寒星
过客留脚印
务实造风景

性情本是根
避恶择善行
万事岂如意
百业哪顺心
人生多美好
理想是明灯

脱贫入佳境
闲愁酒一樽
人情遮迷雨
世故掩疑云
打造共同体
共建地球村

骨 气

一冲星月亲
展翅山河惊
一鸣海洋笑
善念万物生
做人有骨气
正义博爱心
始飞似鹏起
终结如鲸沉

平　常　心

不历尽人间沧桑
怎知人情冷暖
不看透人生百态
怎知生命可贵
不经历风云变幻
怎知自我真实
胸怀一颗平常心
方知安康是福

做人生的行者

欣赏是一种力量
赞美是一种能量
鼓励是一种肚量
敬畏是一种大量

世上没有一步是多走的路
始于足下的每一步都已被计量
抛弃懒惰
努力勤奋
做人生的行者
做生活的强者
做时代的歌者
做前行的舞者

高　瞻

物质决定意识
思路决定出路
务虚者丧失生活
务实者拥有生活
蓄势者享尽生活
集智者赐予生活

宠辱不惊平常心
去留无意真实情
静观庭前百花艳
遥看苍穹万里云

沉　　思

过去成历史
当下连未来
思路新一点
弯路少一点
仗义多积善
厚德方载物
凡事预则立
做事实则兴

感受正能量

雄鹰翱翔在天空
因与群鹰高飞
未与雀燕为伍
野狼驰骋在大地
因与群狼奔跑
未与鹿羊结伴
智者得意在庙堂
因与君子共处
未与小人相交

物以类聚
人以群分
守心不忘本
守志正能量

一辈子

人的一辈子
着实不容易
勿揣测他人
要珍爱自己

有点能力
力求做点大事
没有能力
尽量做点小事
有点权力
力求做点好事
没有权力
尽量做点实事
有点闲钱
力求做点善事
没有闲钱
尽量尽心为事

珍惜

对你善良的人
远离
对你不善的人
感念
心存感恩的人
拒绝
心术不正的人
勿近
眼中无你的人
离开
心中无你的人

规避
力求不做错事
消除
尽量不做傻事
杜绝
坚决不做坏事
多做
行善积德的事

人在生活中
就是这么回事
人的一辈子
做些开心的事

向 前 飞

散飞的雁群
奔向生命绽放的地方
列队"人"字形
整装待发

已回乃思乡
未回却断肠
久远的追忆
放飞梦想

向前飞
远离阴霾
向前飞
寻求光明

厨房与道场

无论贫穷或富贵
还是落魄或辉煌
在厨房这片天地里
坚守幸福向往
常见炊烟升起
锅碗瓢盆交响
常听笑语不断
可口饭菜飘香

在厨房这片天地里
心中发现道场
再现情感道场
体现婚姻道场
展现幸福道场
凸现人生道场
用爱捍卫这片天地
生活就有希望

红　尘

英雄豪杰多奇葩
国色佳人自无瑕
红尘本是一场梦
天注奇缘你我他
莫让亲情空悲切
不教纷繁扰万家
金樽对月风情在
光阴似箭惜芳华

如云人生

自古英雄功名留
命运多舛莫强求
如云人生多变幻
从来豪杰竞风流

探 月

古今中外史无前
时光记载庚子年
把酒乘风访探月
宇宙飞船向长天
着陆不见楼和宇
寂寞月宫耐高寒
科学造就生命在
改天换地展新颜

归

披霜早出慎求据
破雾晚归疑团除
共享佳肴邀月饮
沐浴芳香静夜舒

闲情逸趣心如初
文化兴国梦勿虚
万里风云三尺剑
一庭高洁半屋书

第三篇 征程

259

牡 丹 尊

春光明媚万物生
山河无恙天地新
水墨作画百般爱
霜雪成诗千古情
清绝随影月常伴
倾尽风华日永恒
国色天香念如旧
花开富贵牡丹尊

醉心夜读

夜空挂冷月
倚栏数寒星
开卷品蒿味
展篇嚼菜根
尽阅历代事
探求现实真
醉心未落枕
望窗已天明

心　境

心境通天机
宇宙有定力
豁达创美好
开明扬正气

高人喜解码
隐士乐幽居
世上多奇事
直钩可钓鱼

定 盘 心

凡人都有定盘心
根源万化在自身
可叹从前难分辨
与世浮沉须探寻

挺　　进

2020 最后一场雪
将阴霾掩埋
将人类空气净化
将人心洗洁

2021 新的第一天
红日高照生机在
春和景明兴旺在
寒梅绽放春意在

神奇的 2021
勤奋与崛起共存
爱情与幸福同在
人间充满爱　挺进新时代

赞劳动者

打开五月的诗笺
盛赞辛勤劳动者
你装点美丽山河
你谱写美妙乐章
你描绘美好生活

因为辛勤劳动
万物生机盎然
生命健康旺盛
人类创造奇迹
社会文明进步
物质极大丰富
人民生活美好
世界曼妙精彩

劳动突现智慧
劳动体现大爱
劳动展现价值
生存同居地球村
和平共筑大同梦

抒　　怀

曾经年少情纵横
岁月磨砺终成仁
而今年长心有度
风雨飘摇待天明
历经磨难悟生死
积善成德稳步行
逆行赴难树正气
勇往直前心系民

初　心

时间书写历史
历史承载未来
抛弃庸俗无为
静心规划未来

好男自有梦想
践行成就理想
不忘初心努力
谱写人生辉煌

守　护

食尽烟火非神仙
追名求利不汗颜
众生互爱在一起
全民坚守心向天

守 诚

山有仙则名
水藏蛟则灵
人拥才则旺
心存善则兴
士为知己死
女为悦己容
做事应坚守
为人须诚心

创造新生活

过嘴的是话
过脑的是诗
过心的是爱
过命的是情
回头是历史
转身是未来
惜缘曾有过
创造新生活

行向彩云间

行向彩云间
心似银河长
放眼百花艳
风吹遍地香
华夏遭瘟蚀
天使勇担当
神州春来到
人间披新妆

释怀

晨曦破晓
春风春雨春来早
花儿吐蕊
生机盎然人未老
共克时艰
战胜灾害情未了
释怀心情
共创生活风光好

让理想照进现实

风帆脱离桅杆
是无用的布
桅杆脱离风帆
是平常的柱
理想脱离现实
是虚缈的雾
现实脱离理想
是不尽的路

众志成城报国心
抗灾反腐防疫情
中华战舰风帆启
乘风破浪向前行

生命如树

历经磨难生无常
命中一尺莫求丈
人生光阴瞬息过
欲出精彩像树长

一半入土根安详
一半仰天叶飘扬
一半坚守送温暖
一半抒怀献荫凉

心 之 声

我是一株追梦的小草
每天迎风长
却总长得没有树高
我曾经追梦到军营
每天伴随军号长
虽立功受奖
也未能实现将军梦
我曾经追梦到商海
每天伴随交际长
虽诚实信守
也未能如愿富豪梦

而今瘟神祸苍生
中华民族遇时艰
大树有大树的风姿
小草有小草的风情
自古雄才多磨难
从来圆梦厚德行
报国志愿者
献爱心一颗

莫 等 闲

宇宙有规律
阴阳正负表象存
人生有法则
言行自律心无畏
阴霾待除尽
化解危机为契机
抗灾必维稳
聚焦目标莫等闲

等来等去
等的缘分不见了
等的健康不见了
等的机会不见了
不负韶华
想爱就大胆去爱
想见就勇敢去见
想做就坚定去做

莫等闲　别让缘分错过
莫辜负　不让生命失真

写 春 秋

晨曦画北斗
翰墨写春秋
清泪心语诉
碧血丹青留

俯瞰楼外楼
艰难何时休
英雄醉沧海
天使誉神州

军　魂

肩负使命
胜战勉争求和平
理想崇高
坚定信念定锻造

军人责任
亮剑誓死保祖国
军人品质
热血抛洒为人民

中国军人
中华儿女血性在
军人使命
所向披靡风骨存

中国军人
挺起脊梁高过山
军人意志
百折不挠不畏死

悲壮的军魂

铁血军人真英雄

不朽的军魂

中国军人最豪迈

诗 与 远 方

清风漫卷七月天
时光曼妙万物间
花开花落一幽梦
诗与远方在眼前

精 神 闪 光

生存与竞争
历来激烈
平安与幸福
原本创造
崇尚物质
道德有底线
重塑精神
生命闪金光

看 开

醉眼蒙眬尘世浅
醒时方知世事艰
萍水相逢茶一盏
惜缘互敬酒千樽

江城汛情急

七月阴霾刚缓解
江城连降暴风雨
汉江　长江　东湖
洪水高超警戒线
城市　乡村　道路
茫茫苍苍如泽国

江城汛情急
军民保大堤
筑高堤一尺
筑就护城墙
加固堤一丈
打造安全线

暴雨依然降
江水依然涨
严防死守的铁军
冒着酷暑冲破迷雾
风光隐尽在海天深处
人们煎熬在云雨风口

共筑中国梦

能及时公开查明的真相
是正义再现
能及时教人明白的常识
是责任再现
能及时打击目睹的罪恶
是良知再现
能及时公布了解的事实
是道德再现
能及时揭穿弥天的谎言
是忠实再现
能及时交流亲历的苦难
是爱心再现
能及时战胜面临的灾难
是使命再现
守望正义
共筑中国梦

宁静致远

属于自己的风景
有繁华也有平淡
敢于面对
勇于进取
对生命热爱
对生活热忱
对人生追求
得意时看淡
失意时看开

生命的旅途
艰难而浪漫
坎坷后有历练
浮沉后有懂得
风雨后有彩虹
阳光后有希望
人生　淡泊飘香
生命　宁静致远

远　　方

涌动激情
奔向远方
觅诗情画意
寻浪漫真谛

充满魅力
告白远方
赏江南风情
颂塞北飞雪

曼妙风景
如歌如泣
明月亮如洗
风云布生机

柔情交织
远方神秘
罗密欧朱丽叶
合演梁祝戏

编织美丽
传递远方
世界真无奈
世界很精彩

分别在十字路口

分别在十字路口
山　依然巍峨伫立
路　依然延伸远方
河　依然碧波流淌

站立在十字路口
仿佛山的那边是你
仿佛路的尽头是你
仿佛河的彼岸是你

转身在十字路口
回味着相遇的感动
回味着相拥的激动
回味着相吻的心动

寻觅在十字路口
后悔只顾欣赏风景
后悔未问你的名字
后悔不该放手离去

等候在十字路口
期待山河顷刻增色
期待入梦你在梦里
期待月圆你就出现

烟　花

梦想天空
追求星辰
期盼成为星一颗
期待能与星邂逅

内装火药
心聚力量
在诱惑下点火
在呐喊中起爆

夜被燃亮
色被涂彩
满地碎片凤蝶舞
漫天焰火星月情

虽未入星河
粉身碎骨暗香在
虽未圆星梦
壮志凌云烟花美

呐　喊

鸟儿在呐喊
北国寒　南国暖
别将我驱赶
看我羽丰高飞

小草在呐喊
地球本是热土
别将我践踏
看春风吹又生

树木在呐喊
风可刮走枝叶
别将我砍伐
看我庇护大地

河流在呐喊
本是风骨血脉
别将我断流
看我润泽田禾

石头在呐喊
原本天地造化
别将我抛弃
看我也可补天

太阳在呐喊
不管风起云涌
别将我吞蚀
看我光照天地

世人在呐喊
同住地球村落
别将我疫侵
看我世界大同

被针扎的手

翻手为云
覆手为雨
那是某些人
掌握权力的手

躺在病床的男人
被白笼罩着
高吊的输液管
左手被针扎着
虎口微合
一会儿静　一会儿动

仿佛跳动着
手持过的物
被磨光的镰锄
被收割的麦子
被压弯腰的稻穗
如划过春水的船
仿佛迷失在烟火里

熬白了一头的黑发

炊烟延续着生息
初生需要怜爱
展开的双手
像山峰守望着山峰
透明的液
一滴一滴输入
生命的河
岁月的海

佛　　像

乡间的空气清新
乡下的人心纯善
每家的香桌上
都供着一尊佛像

人们将佛像尊称为神
神不嫌穷　也不羡富
用佛心施爱播光
用梵音传递福音

佛像供上神坛
神联敬贴两边
供果献到香案
接受磕头　接受膜拜

佛像是泥塑的
内藏一颗慈悲的心
拒绝虚伪　接受虔诚
香火缭绕　掸净凡尘

玄　机

红尘俗世
洞察皆玄机
静中藏争
越争心越静
稳中藏急
越急心越稳
忙中藏亡
越忙心越清
忍中藏刀
越忍心越明

相由心生
善良气轩昂
心随境转
纯良眼放光
唯有净土
灵魂更激荡

德不配位

天诛必遭殃

厚德载物

未来定兴旺

第
三
篇

征
程

297

歌唱中国共产党

喜迎建党百周年
笑看祖国盛世天
我对着大地歌唱
歌唱斧头　镰刀　红五星
我向着长天歌唱
歌唱中国共产党

一百年前
南湖的红船
满载国人图强的梦想
进军的号角
奏响国人奋斗的凯歌
开天的巨斧
敲醒沉睡千年的睡狮
智慧的弯镰
割断黑暗社会的枷锁
红色的五星
惊动灵魂血染的党旗
悲壮的乐章

演绎国人求索的历程

怎能忘记
红舟荡漾建党立纲
南昌起义枪声打响
瑞金星火不断燎原
井冈青松屹立挺拔
雪山草地岁月峥嵘
延安窑洞灯火通明
军民同心天下无敌

一百年后
杏花春雨
江南掀起责任风暴
骏马奔腾
北国推进效能革命
神州升空
解码秘交星外友
嫦娥飞天
破密暗访月中人
巍巍昆仑
气势磅礴与武当行
滚滚长江
壮观独特伴黄河吼

永远珍惜
改革开放
百姓走向富裕路
倡导开发
中华迎来艳阳天
众志成城
全民抗疫除瘟神
民生至高
人民当家作主人
繁华街市
落后乡村被取代
贫瘠土地
金色硕果结满枝
桃花笑春风
憧憬中国红
明月醉清露
实现中国梦

艰难岁月里　党是不灭的火
播撒希望复兴民族
和平年代里　党是长明的灯
引领前行振兴中华
让我们点燃生命
红星照耀亲爱的祖国
让我们放声歌唱
歌唱中国共产党

大　　海

我曾奇想
从赵家台出发
跑步到汉江
划扁舟顺流直下
穿越浩荡的长江
奔向梦想的大海
观沧海　听涛声

我曾遐想
畅游大海
探究大海
潜入龙宫
寻访龙王
见识宝藏
斗量海水

真正的大海
海水托举巨轮
海面托起太阳

海浪排山倒海
海啸摧枯拉朽
海风席卷浪漫
海水不可斗量

放歌生命

很多的时光
稍纵即逝
很多的叹息
覆盖不了风霜雪雨

隔断烦心的枝蔓
突破始终的寻求
不念生前的喝彩
不畏死后的评说

冬天很精彩
坚定的心击退苦难
昂起的头舞动雪花
追梦的情装点山河

冬日很浪漫
用诗篇累积爱情
用焰火燃起星月
用神曲放歌生命

生命的海洋

迎海风观沧海
放眼天空夜色
感受海洋深广
感悟人生苦短

转身回眸
街头霓虹闪烁
离乡的人
日暮乡关何处

黑夜之中
无数双眼在窥视
物欲横流
生活如浩瀚海洋

心藏一束阳光
根植一棵菩提
壮美的生命
如海啸漫卷红尘

海 南 之 行

从鄂到琼
航程两时多
穿云破雾
俯瞰山河美

准备充分
对薄公堂心不惊
叱咤法庭
质证雄辩维正义

预警台风
禁海停飞返汉时
亲历台风
壮观惨烈守望中

结识高人
知天识地人中龙
重逢战友
把酒言欢人情浓

闲情逸趣
观海踏浪访名寺
感悟人生
壮怀激烈竞风流

岁末心书

岁末梅开瑞丰年
天寒温酒叙平安
吟诗作画尽碧玉
扬歌弄舞喜结缘
回首昔日斗志勇
落红飞花伴栅栏
寂夜流连清新地
痴对荧光心书传

龙马精神

风霜雨雪阵
飞花醉风尘
马踏香铃响
龙吟情倾城

日行千里路
夜穿万重云
豪气冲霄汉
壮志定乾坤

盛世开泰

新年伊始
盛世开泰
阳光普照
万象更新

蓝天白云
清风掠过
寒梅绽放
千姿百态

喧闹城乡
汇聚相知
敲门问安
热情相待

知心爱人
浪漫情怀
不弃不离
人间至美

老者慈祥
幼者忠孝
青年志远
壮年担当

穷不失志
富不颠狂
守心纯良
守志高远

岁月无痕
河流悠远
天地不老
太阳高照

生活是广阔的

在岁月的摇篮里
人生是艰辛的
生活是开阔的

树在风雨中飘摇
根的故事传奇
花在流水中隐踪
爱的传说断肠
星辰闪耀
追逐的梦想
激荡岁月
放飞的诗心

书法的美
是八面出锋
是神出鬼没
是翰墨与人一体
诗歌的美
是雄奇飘逸

是想象丰富
是浪漫与现实一体

谈情说爱的人
是营造氛围
是山盟海誓
是把控幸福的主题
战争却是残酷旳
是导弹在飞
是目标命中
是生与死的考验

考古发现宝藏
是青铜鼎
是五彩画
是埋藏与发掘的文字
观察牛吃草时的眼
是湿润亮晶的
是生存的沉思
是生命的审视

在广袤的天地里
人生是壮美的
生活是广阔的

记录 2021 年末

写了一年未写完
读了四季有新诗
岁末　往事清零
生活　爱恨随心
一天又一天
一年又一年
在心爱的世界里
写尽冬夏与春秋

借代相关人或事
比拟是人还是物
一只鸟儿在飞
欢歌爱情与家乡
一盏情愁一杯酒
风花雪月笑红尘
一个信使在跑
岁末爆竹迎新年

后　　记

经过数月整理、校审,《放飞的诗心》终于付梓,我的一颗志忑的心也随之复归平静。

回想自己四十年前参军入伍,后转业在律师行业拼搏奋斗多年,一路走来,既有成功的喜悦,也有挫败的落寞。而激励我继续前行的潜在动力,仍是文学的召唤和对缪斯的痴迷。我喜爱中国古典诗词,尤其唐诗宋词元曲。曾有幸受到著名学者、诗人、书法家吴丈蜀先生的谆谆教诲,受益匪浅。

在繁忙的工作之余,坚持业余文学创作是我的初心。我除写作旧体诗词,也尝试着新诗创作,关注普通大众生活。讴歌真善美,抨击假恶丑,是我创作的出发点,也是落脚点。虽有不少作品在报刊发表,得到肯定,但自觉还有差距,仍须努力提升创作的数量和质量。编辑本诗集时,得到了湖北省文联、湖北省作协领导的大力支持。经过甄选集册,取名为《放飞的诗心》。

在本诗集出版之际,我要特别感谢湖北省文联和湖北省作协原副主席、著名诗人、书法家梁必文先生在百忙之中为诗集作序并题写书名;感谢中国传统美学大师、中国狂草书法家陆伟女史和著名金石书画家、收藏家、评论家、诗人赵同云(字白云)先生对诗集的评鉴指导;感谢武汉大学文学院教授及博士生导师樊星先生、湖北省广播电视总台高级记者周列克先生、《长江文学》杂志社总裁徐元鸿先生、湖北省报告文学学会副会长及著名作家应才兵(字达度)先生、湖北省电影家协会副主席及诗人余述平先生、湖北省工艺美术研究所原所长及一级美术师何忠群先生、湖北省公共关系协会会长喻超先生、著名诗人及书法家魏开功先生、诗人曾长琨先生、某部队张玉军和周承先首长、中华全国青年联合会委员及仙桃市桃树研究所所长许泽坦先生、湖北宇通新能源科技有限公司董事长刘俊女士等对我的鼓励和帮助；感谢华中科技大学出版社社长阮海洪先生、旅游分社社长李欢女士、编辑汪杭女士的辛勤付出；感谢马芬芳、许婷女士精心校对；还有一直以来不离不弃给予我关爱与支持的亲朋好友。

《放飞的诗心》是我的第一部诗集，也是我诗歌创作的一个小结，诚望得到读者朋友们的批评指正。

赵贤文
2021 年 12 月 12 日于武昌

放—飞—的—诗—心

316